"Bilder zwischen Realität und Illusion,

Bilder zwischen zweiter und vierter Dimension,

Bilder zur Unterhaltung und Meditation!"

Sandro Del-Prete

ILLUSORIA

# SANDRO DEL-PRETE
# ILLUSORIA

EIN REISEBERICHT
UND UNGLAUBLICHE BILDER
AUS DEM NEUENTDECKTEN
ILLUSORIALAND

BENTELI VERLAG BERN

Täuschen dich nun deine Augen,
oder ist's das Bild, das lügt?
Bedenke, auch im Leben
kannst du nicht immer glauben,
was du mit eignen Augen siehst!

# Inhalt

# Einführung

Es gibt Ideen, die kann selbst der beste Schriftsteller nur ungenügend beschreiben, die muss man anschauen, wie zum Beispiel meine Zeichnungen. Dann gibt es aber auch wieder Ideen, die kann der beste Zeichner nicht darstellen, die können nur in Worten ausgedrückt werden.

Da ich nun das Bedürfnis hatte, meine lebhafte Phantasie in vollem Umfang den Mitmenschen darzulegen, habe ich beschlossen, auch diese Geschichten zu meinen Bildern mit eigenen Worten zu schreiben.

Dass ich im Schreiben ein nicht allzu grosses Licht bin, ist mir bewusst. Wie soll ich also meine Gedanken und Ideen, die mir während des Zeichnens durch den Kopf gehen, zu Papier bringen? Wie zum Beispiel meine Visionen festhalten, die sich zwischen der einen Zeichnung und der andern ergeben, also die Verbindung oder der Zusammenhang untereinander? So ist denn der Text oder die Erzählung eher als Ergänzung zu meinen Bildern gedacht.

Es ist ein kühner Versuch, mich als Nichtschriftsteller trotzdem mit Worten auszudrücken, wobei ich gleich alle Besserkönner um Verzeihung bitten möchte, ein solches Sakrileg begangen zu haben, in meiner Inkompetenz eine Geschichte zu erzählen, anstatt nur Bilder mit kurzem Text zu präsentieren oder aber jemand anders schreiben zu lassen, wie sich das gehört!

Sicher, nur Bilder mit kurzem Text wie bei meinem ersten Buch «Illusorismen» wären gut angekommen, aber *eine durchgehende Abenteuergeschichte, ausschliesslich auf diversen optischen Täuschungen aufgebaut,* mag wohl in diesem Umfang einzigartig sein, und dies, so scheint mir, rechtfertigt den Versuch. Eine solche Geschichte hätte es sonst nie gegeben!

Was ist eine optische Täuschung?

Tagtäglich, wenn wir unsere Umwelt betrachten, können wir bewusst oder unbewusst getäuscht werden. Diese Täuschungen können ganz verschiedenartige Ursachen haben. So die Tarnung der Tiere in der Natur oder die Fehlinformation, welche unser Gehirn bekommt, bedingt durch einen falschen Standpunkt gegenüber dem Wahrgenommenen. Oder es kann auch richtig Gesehenes falsch interpretiert werden. So gäbe es noch viele Beispiele.

Unsere Augen geben ihre Meldung an eine im Gehirn gelegene Zentrale weiter, die sie ordnet und auswertet. Dabei können Fehler und Verzerrungen entstehen, die wir hier als optische Täuschungen bezeichnen. Das Kleinkind hat noch grosse Mühe mit der visuellen Wahrnehmung, da es ursprünglich nur auf seinen Tastsinn eingestellt ist. Im Laufe der Zeit lernt aber der Mensch, durch die

Erfahrung die visuellen Eindrücke besser auszuwerten, so dass die eigentlichen Täuschungen seltener vorkommen.

Eine ganz besondere Art von optischen Täuschungen sind jedoch diejenigen, die in Bildern vorkommen. Jedes Bild, als Abbild unserer dreidimensionalen Welt, ist im Grunde genommen eine Täuschung, denn in unserer Vorstellung sehen wir eine Tiefe, wo keine ist. Einen besonderen Reiz haben aber jene Bilder auf den Betrachter, bei denen eine gewollte optische Täuschung zum Vorschein kommt, wie hier in diesem Buch. Es gibt verschiedene Täuschungsarten, die da zur Anwendung kommen:

## Das Spiel zwischen Schein und Wirklichkeit

Es entsteht aus dem Konflikt zwischen Raum und Fläche. So können wir Tiefen in einem Bild empfinden, wo es gar keine Tiefen geben sollte, wie beispielsweise auf dem Umschlagbild. Wir betrachten gewöhnlich das Bildumfeld als «Realität». Wenn nun ein Bild im Bild dargestellt wird, haben wir eine «fiktive Realität», in der die merkwürdigsten Situationen dargestellt werden können. Typische Beispiele dafür sind Bild 2 *Perspektive* oder Bild 10 *König Prinz und Kühnheit.*

Eine weitere Kategorie stellen die

## Unmöglichen Figuren und Ansichten dar.

Hier wurden die allgemeingültigen Regeln der Perspektive umgestossen und durch neue ersetzt, die aber nicht unserer Sehgewohnheit entsprechen. Die dargestellten Objekte widersetzen sich der realen Konstruktion. Bei den Ansichten handelt es sich vielfach um doppelte Standpunkte, was sich auswirkt, als würden wir uns in einer neuen, vielleicht vierten Dimension bewegen. Die Orientierungsbegriffe, welche wir in unserer dreidimensionalen Welt gebrauchen, sind in dieser neuen Dimension nicht mehr anwendbar, d. h. es wird sinnlos, ein Vorne, Hinten, Oben, Unten, Rechts oder Links zu bestimmen, da diese sowohl als auch sein können (siehe Bild 20 *Astro-Sonnenuhr*).

Zerlegt man diese Bilder aber in einzelne Elemente, ist es meist unmöglich, einen «Fehler» zu entdecken. Wir sehen diese Effekte besonders bei folgenden Bildern: 12 *Das gekrümmte Schachbrett,* 13 *Die Eisenbahnbrücke,* 14 *Die Wendeltreppe zu Belvedere II,* 15 *Das fliegende Haus.* Als typisch unmögliche Figur erkennen wir: 16 *Der verrückte Tisch,* 17 *Die verdrehte Pergola,* 35 *Tag-und-Nacht-Polarisierungsgitter.*

Als dritte Hauptgruppe sind noch die

**Doppelbilder** zu erwähnen, die aus dem Konflikt der Interpretation entstehen, der uns im Alltag kaum noch Schwierigkeiten macht, weil Figur und Hintergrund dank unserem binokularen Sehen klar unterschieden werden können. Die Bilder hier sind aber doppeldeutig: Ein zuerst erkanntes Bild kippt plötzlich um, und aus dem gleichen Bild ergibt sich eine ganz neue Version. Die besondere Qualität dieser Darstellungen entsteht durch die ausgewogene Gestaltung der beiden Motive, so dass nicht das eine das andere dominiert oder verdrängt. Hier haben wir Bilder wie: 7 *Die Hand und die Tänzerin,* 8 *Gewalt und Zärtlichkeit,* 9 *Zwischen Aufstand und Unterdrückung,* 31 *Hommage à Leonardo da Vinci,* 32 *Der Wildhüter.* Betrachtet man aber die Bilder 23 *Das Badetuch mit Delphinen* oder 26 *Das Zauberfenster* aus einer bestimmten Entfernung, ergibt sich eine gewollte Überbetonung des einen Motivs.

Eine Randgruppe bei den optischen Täuschungen sind die

**Umdrehbilder,** bei denen der eigentliche Täuschungseffekt erst im Spiegelbild des oben oder unten hingehaltenen Spiegels sichtbar wird. Im Spiegelbild wird dann ein völlig anderes Motiv wahrgenommen. Denselben Effekt kann man auch beim Drehen des Bildes um 180° beobachten. Ich möchte hier auf die beiden Bilder 6 *Der Gaukler und der Narr* und 37 *Tempel der Besinnung* hinweisen.
Ausser dem Spiel mit optischen Täuschungseffekten steckt aber weit mehr hinter diesen Bildern. Sie regen an zum Nachdenken, nicht nur darüber, wie unser Sehen funktioniert. Sie geben Anlass zu allerhand philosophischen und mathematischen Überlegungen. So gibt es auch ein paar Zeichnungen, die im völligen Widerspruch zur Logik stehen, was speziell in der Erzählung mit den drei Rätseln hervorgehoben wird. Gemeint sind die Bilder 11 bis 15, während im Bild 21 *Das römische Thermalbad* verschiedene Paradoxien dargestellt werden. Ein Kuriosum stellt das Bild 19 *Summa Summarum* dar, welches ein spezifisch mathematisches Problem mit der «magischen Sphäre» aufwirft. Während das Denkmal ebenfalls ein unmögliches Objekt darstellt, wirkt das mathematische Problem wie das Salz in der Suppe.
Aber auch zu tiefsinnigen Gedanken sollen diese Bilder anregen, speziell das Kapitel «Der Weg zur Selbsterkenntnis».

Wie kam es dazu, dass solche Bilder entstanden?
Vor etwa 27 Jahren stellte ich mir aus einer philosophischen Überlegung heraus

die folgende Frage: Ist die Welt wirklich so, wie wir sie sehen, oder könnte sie nicht ganz anders gesehen werden, vorausgesetzt, wir hätten andere Augen, zum Beispiel die der Insekten? Oder wie sieht ein Chamäleon bzw. ein Krebs die Welt, die ein Auge nach hinten, das andere nach vorne drehen können?
Unser Sehsystem mit zwei Augen erlaubt uns, die dreidimensionale Welt wahrzunehmen. Was würde aber geschehen, wenn wir diese Augen auf einige Meter Distanz voneinander periskopisch ausfahren könnten? Solche Überlegungen führten dann zu den Bildern mit doppelten Standpunkten, z.B. von oben und unten gleichzeitig gesehen. Das Verfahren, optische Täuschungen in Bildern darzustellen, bezeichnete ich später mit «Illusorismus», was von illusorisch, eingebildet, trügerisch abgeleitet wird.

Es gibt nicht viele Künstler auf der Welt, die sich intensiv mit optischen Täuschungen auseinandersetzen. 1986 wurde in Utrecht, Holland, eine internationale Ausstellung über «Unmögliche Figuren» durchgeführt. Wir waren ungefähr 30 Künstler aus aller Welt, die sich daran beteiligten. Unter diesen war der Schwede Oscar Reutersvärd, einer der bedeutendsten Pioniere in der Erforschung von unmöglichen Figuren. Ebenfalls in die «Pionierzeit» fallen die Studien von Prof. Roger Penrose aus England, dessen Modelle MC Escher zu seinen berühmt gewordenen Bildern «Treppauf und treppab» und «Wasserfall» inspirierten. Der 1972 verstorbene MC Escher wird oft zum Vergleich zitiert, wenn man meine Art von Zeichnungen einzuordnen versucht. In der Tat: Obschon ich die Werke von MC Escher erst seit 1977 kenne, wurde ich in den letzten Jahren stark von ihnen inspiriert. Während Escher aber mathematisch exakte Arbeiten schuf, die in ihrer Perfektion von Menschenhand kaum noch zu übertreffen sind, ziehe ich es vor, in meinen Zeichnungen eher die Ästhetik zu betonen, gelegentlich sogar etwas Humor an die Stelle von nüchterner Präzision zu setzen. Escher ist und bleibt aber das grosse Vorbild sämtlicher Kunstschaffenden auf diesem Gebiet.

Eine Frage, die mir immer und immer wieder gestellt wird, ist die, woher ich meine Ideen zu so vielen verschiedenen Bildern nehme. Eine interessante, aber auch eine schwierige Frage. Es geht mir wie einem Goldgräber, der auf eine Goldader stösst und diese ausbeutet in der ständigen Befürchtung, dass die Ader plötzlich ausgeschöpft und nichts mehr zu finden ist. Je mehr man ausbeutet, desto tiefer muss man graben und desto schwieriger wird es. So kommt es mir manchmal vor, als würde ich mich bei der Suche dauernd im Kreis bewegen, immer bestrebt, nicht wieder dasselbe auszugraben, was ich schon ausgebeutet habe. Ja, die Möglichkeiten bei optischen Täuschungen sind nicht einfach unbeschränkt. Da gibt es nur ein paar grundsätzliche Phänomene, die in verschiedenen Variationen ausgearbeitet werden können.

Das Ganze ist harte Arbeit: beobachten, ausdenken, probieren, entwerfen, beurteilen, verwerfen und wieder von vorne anfangen. Die eigentliche Frage, woher die Inspiration kommt, ist allerdings auch für mich noch ein Rätsel. In Selbstbeobachtung habe ich da schon eigenartige Dinge erlebt.

Manchmal fängt beispielsweise meine Hand zu zeichnen an, ohne dass ich weiss, was ich eigentlich will, und schon ist die tollste Idee auf dem Papier, als ob es ein Geschenk des Himmels wäre. Ein andermal möchte ich wiederum etwas erzwingen und suche wochenlang, oft sogar während Monaten nach einem neuen Effekt, aber es kommt nichts.

Zusammenfassend kann man sagen, dass auf jedes Bild im Buch 15 bis 20 unbrauchbare, unbefriedigende Entwürfe entfallen. Oder anders ausgedrückt: Der Erfolg ergibt sich aus 90% Transpiration und 10% Inspiration.

Wie kam es zur Rahmengeschichte dieses Buches?

Die Bilder waren zuerst da. Es lag auf der Hand, dass man sich beim Betrachten dieser Bilder in eine neue, eigenartige Welt versetzt fühlt. Das Erschaffen dieser Bilder regte meine Phantasie an, und während ich an einem Bild arbeitete, wirkte das andere noch nach, so als ob ich von einem Abenteuer ins andere stürzte. Serienmässig hingen dann bestimmte Bilder zusammen, woraus sich schliesslich die ganze Erzählung ergab.

Niemals wäre es möglich gewesen, nach einer Erzählung solche Bilder zu machen, denn jedes Bild ist mit seinem Überraschungseffekt wie eine kleine Erfindung, die sich nicht einfach herzaubern lässt. Deshalb wurden denn auch die Anekdoten, Legenden und Sagen vom Autor nach den Bildern ersonnen.

# 1. Kapitel
# Der Weg ins «Illusorialand»

Um in dieses seltsame Land zu gelangen, braucht es einige Voraussetzungen: eine gute Beobachtungsgabe, Geduld und Ausdauer, etwas Abenteuerlust und vor allem Freude am Entdecken.

*Illusoria* liegt zwischen überall und nirgendwo. Auf keiner Karte verzeichnet, müsste man es zwischen der zweiten und der vierten Dimension suchen, und dennoch gehört es nicht der dritten an.

Nur unsere Vorstellungskraft und Phantasie können wir dorthin mitnehmen, alles andere müssen wir zurücklassen. Aber keine Angst, wir können zu jeder Zeit wieder zurückkehren in unsere geliebte Realität, falls die Verwirrung zu gross werden sollte. Wir brauchen dann nur unser Transportmittel, nämlich das Buch, zu schliessen, und schon haben wir *Illusorialand* verlassen.


Aber, entschuldigen Sie bitte, ich habe mich noch gar nicht vorgestellt: Ich heisse «Illustorius» (das heisst der mit Bildern Geschichten Erzählende). Ich möchte eine Expeditionsreise ins obenerwähnte Land machen. Kommen Sie mit?


<u>Bild 1</u>   Optische Täuschungen

Wir befinden uns da vor einer grossen schwarzen Wand, an welcher sich soeben folgendes ereignet hat:

Zwei Arbeiter, die sich gerade anschickten, eine Leuchtschrift an eine schwarze Hausfassade anzubringen, glaubten, dass es hier spuke. Sooft sie auch versuchten, alle Buchstaben in der gleichen Richtung anzuordnen, mussten sie feststellen, dass sich die Worte wie von selbst verdrehten. Erst als sie über den Sinn der Worte nachdachten, erkannten sie, dass alles seine Richtigkeit hatte.

Unter dieser Leuchtschrift befindet sich eine Türe, die uns zu einem Atelier führt, in welchem ein Kunstmaler gerade ein Experiment durchführt. Er will versuchen, die Perspektive eines «Quadratur-Spiral-Trapez-Kubus-Sphären-Objektes» dar-zustellen. Nennen wir es schlicht und einfach:

## Bild 2     Perspektive

Dem Maler wollte es nicht recht gelingen, eine richtige Tiefenwirkung auf seine Leinwand zu zaubern. Allen Bemühungen zum Trotz blieb das Bild auf der Leinwand flach. Also beschloss er eines Tages, einen Bilderrahmen selber zu malen und ihn so anzubringen, dass dieser vor das Bild, ja sogar noch vor den Maler selbst gesetzt wurde. Im rechten Winkel zog er den Rahmen nach innen, an sich vorbei, bis ins Bild hinein. Da merkte der Maler plötzlich, dass er die Leinwand nicht mehr verlassen konnte, sonst hätte es ja ein Riesenloch ins Bild gegeben. Als Opfer seiner eigenen Einbildung blieb er fortan zwischen Rahmen und Leinwand eingeschlossen, wo man ihn heute noch sehen kann.

«Und dennoch gibt es einen Weg, hier wieder herauszukommen», meint da der Künstler, der sich auf einmal uns zuwendet. «Es ist der Weg über Illusoria, wo nichts unmöglich ist. Ich denke, Ihr wollt auch dorthin, sonst wärt Ihr nicht zu mir gekommen. Nun gut, ich werde Euch dorthin führen, denn ich muss sowieso noch ein Versprechen einlösen, das ich in Illusoria einem Pferd gegeben habe. Aber vorerst möchte ich Euch dieses Bild hier zeigen, um Euch alle auf diese Reise nach Illusorialand vorzubereiten», schmunzelt der Künstler.

«Wenn wir ein Bild malen,
stellen wir auf einer Fläche etwas dar, das in Wirklichkeit eine ganz andere Form,
das heisst die Form eines Körpers hat und meistens eine Tiefe aufweist. Wie ist
es aber, wenn man ein Bild im Bild darstellt? Beim Betrachten eines Bildes denken wir uns in die Bild-Szene hinein. Wir verlassen quasi unsere reale Welt mit
unseren Gedanken und begeben uns in eine fiktive, imaginäre Welt. Nun, ich
komme nachher noch einmal auf dieses Problem zurück. Aber sehen wir, wie es
mir und meinen Bildern ergangen ist, bevor ich Illusorialand entdeckt habe.»

## Bild 3  Die unendliche Geschichte vom Bild im Bild

Wir betrachten einen Künstler an seinem Werk. Er malt ein Bild, auf welchem ein Knabe ein Bild betrachtet. Der Knabe sieht, wie ein Kunstliebhaber ein Bild an die Wand hängen will. Das Bild, das aufgehängt wird, zeigt
uns die Szene, wo ein Händler das Kunstwerk an den Kunstliebhaber ver-
kauft. Und das Motiv des Bildes, welches der Kunsthändler dem Käufer
anpreist? Es zeigt einen Künstler, ein Bild malend, auf welchem ein Knabe
ein Bild betrachtet ...

«Nun komme ich zurück auf das Problem, wenn man ein Bild im Bild betrachtet: Man steigt immer weiter hinab in eine metaphysische Welt, getrieben von der Neugierde. Man möchte wissen, was auf dem nächstfolgenden Bild zu sehen ist, oder aber ein Unbehagen holt uns zurück in die Realität, damit wir den Boden unter den Füssen nicht verlieren.»

Nachdenklich spricht der Kunstmaler diese Worte, und es scheint, als ob es hier um eine tiefgründige Erkenntnis ginge: Was ist Wirklichkeit und was ist Einbildung?

Dann fährt er mit feierlicher Stimme fort:

«Versucht doch mal nachzuvollziehen, wie sehr der Künstler, der dieses Bild hier gemalt hat, sich in die bekannte und dennoch unheimliche Tiefe hineindenken musste.»

Er zeigte uns das

<u>Bild 4</u>    Bitte umblättern

Auf dem Tisch liegt ein aufgeschlagenes Buch. Die Abbildung zeigt eine Hand, welche soeben eine Seite umblättert. Man kann schon das Bild der folgenden Seiten erkennen; auch hier wiederholt sich, immer kleiner werdend, dasselbe Motiv. Dies ruft optisch eine Tiefenwirkung hervor. Scheinbar im Widerspruch dazu steht auf der ersten Seite: «Dieses Bild ist flach!» Sollte jemand trotzdem Tiefenangst bekommen, so möge er sich an den Titel halten: Bitte umblättern.

Dieses Buch ist also der geheimnisvolle Weg, durch den uns der Künstler zum Illusorialand begleiten will. Und tatsächlich, da steht auf der nächsten Seite auch schon:

<u>Bild 5</u>    # Die Windmühle 2000 aus Illusorialand

Im Zeichen der Energiekrise erfand ein Mann ein neuartiges Windrad. Um es auszuprobieren, wollte er eine entsprechende Windmühle bauen. Doch das nötige Geld dazu fehlte. Um die geniale Idee trotzdem der Nachwelt zu erhalten, beschloss der Mann, seine Windmühle auf eine grosse Mauer zu malen. Seine Frau half ihm dabei. Während sie am Unterbau malten, hörten sie, wie die Leute lachten und sagten, dieses Windrad sei unmöglich und werde sich nie drehen können. «Natürlich nicht!» entgegnete der Erfinder, «der Wind kann ja auch nicht durch die Mauer hindurchblasen!» «Gut, dann machen wir ein grosses Loch in die Mauer, damit der Wind durchkommt, dann werden wir ja sehen!»
Das Loch wurde gemacht, und siehe da, das Windrad drehte sich... immer noch nicht! – Es war gerade Windstille!

In der Tat: Nicht der Wind pfeift durch das Loch, sondern fröhliches Kinderlachen tönt von der anderen Seite zu uns herüber. Neugierig nähern wir uns dem Loch, um zu sehen, was sich wohl hinter der Mauer verbirgt.

Windmühle 2000
aus
ILLUSORIA-LAND
von
Sandro Del-Prete

Auf der andern Seite sehen wir eine Gruppe von Kindern, die einem Gaukler und einem Narren zuschauen. Diese beiden gucken – der eine oben, der andere darunter – aus einem kleinen Fensterchen in einer Fassadenkulisse.

## Bild 6    Der Gaukler und der Narr

> Die Hauskulisse dreht sich ab und zu von unten nach oben, aber eigentümlicherweise ändert sich das Bild nicht. Der Narr bleibt oben und der Gaukler unten. Der Gaukler wirft dem Narren jeweils den Kreuz-König zu, doch stattdessen kommt immer die Kreuz-Dame herunter, obschon immer die gleiche Seite der Karten sichtbar ist.

«Ich hab's gesehen!» ruft zu unserer Überraschung ein kleiner Junge, der soeben einen Kopfstand vollführt hat, «alle fünf geworfenen Karten sehen genau gleich aus, so wie auch der Gaukler und der Narr identisch sind!»
Tatsächlich: Wenn das Bild umgedreht wird – oder wer lieber den Kopfstand machen möchte – und wir dabei eine Karte nicht aus den Augen lassen, können wir die Verwandlung mitverfolgen, wie aus dem König eine Dame wird oder umgekehrt.
Zwischen dem Lachen der Kinder tönt von weiter drüben eine Musik an unser Ohr. Eine Musik, die uns sehr an den spanischen «Flamenco» erinnert.
«Dort drüben ist die Gegend der erzählenden Hände!» erklärt uns Sandro, der schon einmal hier gewesen ist.
Von weitem sehen wir zwei Tänzerinnen auf einem Papierbogen – aber Hände...?

| Bild 7 | Die Hand und die Tänzerin |

Auf ein Blatt Papier wurde eine Tänzerin gezeichnet. Um dieser mehr räumliche Wirkung zu geben, wurde das Papier aufgerollt, doch es sprang immer wieder in seine ursprüngliche Form zurück. Da zeichnete der Künstler eine Hand auf das andere Papierende, damit sie die Rolle zusammenhalte. An der Wand befestigt, wurde nun das Ganze von weitem betrachtet. Plötzlich war die Hand weg, und stattdessen erschien eine zweite Tänzerin. Erst beim Näherkommen wurde sie wieder zu einer Hand. Indessen wollte die Tänzerin rechts noch «räumlicher» und noch «wirklicher» als die andere wirken, also streckte sie ihre Füsse aus der Rolle...

...und es scheint uns, als ob sie in rhythmischen Bewegungen der Musik folge, die wir wohl hören, von der wir aber nicht wissen, wo sie herkommt.

«Aber nicht immer gab es in Illusoria nur Tanz und Freude», belehrte uns unser Freund, «es gab auch andere Zeiten. Davon spricht diese Mauer da drüben.»

Bild 8    ## Gewalt und Zärtlichkeit

Zwei Symbole, die sich auf den ersten Blick sehr ähnlich sind. Doch wenn wir die obere Figur betrachten, haben wir hier die Faust als Symbol der Gewalt. Gewalt bedeutet Zerstörung. Bei der unteren Figur handelt es sich um das Symbol der Liebe und Zärtlichkeit. Es ist eine Mutter, die ihr Kind ganz zärtlich an sich drückt.
Also zwei Figuren, sehr ähnlich in der Form und doch gegenteilig in der Aussage. So wie Liebe und Hass sind auch die obenerwähnten Gefühle oft sehr nah beisammen, und die Grenze zwischen beiden ist nicht immer klar erkennbar, was auch bei dieser Mauer zum Ausdruck kommt.

«Und von noch schlimmeren Zeiten sprechen diese Fäuste», fährt Sandro fort. «Diese Konstruktion, als Symbol für den Fortschritt der Menschheit gedacht, ist in Wirklichkeit kein Fortschritt, das heisst, weder ein Vorwärtskommen noch ein Aufwärtsstreben. Dieses Symbol steht vielmehr als Mahnmal aus vergangenen, aber nicht vergessenen Zeiten!»

Bild 9 ## Zwischen Aufstand und Unterdrückung

Unten sehen wir diesen Torso, einen Körper mit eingezogenem Kopf, denn eine schwere Last drückt auf seine Schultern. Dies ist das Symbol der Unterdrückung.
Oben haben wir das Symbol des Aufstandes. Wenn die Rebellen aber die Herrschenden einmal gestürzt haben und selber an der Macht sind, üben sie die Unterdrückung ihrerseits aus, so dass alles beim alten bleibt. Nur die Regierungen sind ausgewechselt.

«Doch bevor die Unterdrücker kamen, kannte man noch die Monarchie. Da war der König der absolute Herrscher, und jeder hatte Seiner Majestät mit der gebührenden Ehrfurcht und Unterwerfung zu begegnen.»

# 2. Kapitel
## Die Geschichte des Prinzen

In einer alten illustrierten Chronik können wir folgende Geschichte nachlesen, die sich am Hofe zugetragen hat:

## Bild 10  König, Prinz und Kühnheit

Ein junger Prinz hatte gehört, dass bei gewissen Völkern die Jünglinge erst eine Mutprobe zu bestehen hatten, bevor sie sich ein Weib suchen und heiraten durften. Also beschloss auch unser junger Prinz, eine Mutprobe zu bestehen. Er wollte dem schlummernden König eine Narrenkappe aufsetzen. Das war nicht ungefährlich, denn noch nie hatte es jemand gewagt, den König lächerlich zu machen oder ihn gar zum Narren zu halten.
Der Hofnarr beteuerte glaubwürdig, er habe durch ein selbstgemaltes Schlüsselloch beobachtet, wie der Prinz die Tat ausgeführt habe. Dabei hätte er gesehen, wie dem Prinzen die nackte Kühnheit persönlich zur Seite gestanden habe, sonst hätte er solches Tun nie gewagt. Während er dem König die Narrenkappe aufs Haupt setzte, habe der Prinz laut gelacht und ausgerufen: «Dieser Anblick bringt selbst ein Pferd zum Lachen!»

Doch wie die Geschichte ausging, können wir hier nicht erfahren, denn die Chronik liegt aufgeschlagen in einem verschlossenen Glaskasten, so dass wir die Seite nicht wenden können.
So ziehen wir weiter, bis Sandro plötzlich stehenbleibt und in eine bestimmte Richtung zeigt, wo ein Bächlein durch eine schöne Landschaft fliesst. An einer Stelle, wo sich das Wasser zu einem kleinen See staut, ragt ein Schloss aus dem Wasser. Doch gleich sind wir irritiert, denn das Schloss wird plötzlich zu einem halbgeöffneten Buch, und alles in diesem Buch wirkt irgendwie geheimnisvoll.

# Das Pferd auf der Zugbrücke

Auf der Vorderseite dieses Buches sehen wir ein Pferd aus den Stallungen kommen. Dieses Pferd möchte zur Stute auf der Weide gehen. Doch wie kommt ein Pferd von der Buchvorderseite auf die Buchrückseite? Dies ist ein Problem, das man auch nur illusorisch lösen kann: Man lässt einfach die Zugbrücke herunter, und schon kann es darüber schreiten, doch...

Da zögert das Pferd, weiterzugehen. Es wendet sich uns zu und fängt an zu sprechen:

«Ihr Leute aus fremden Landen, Ihr seid hier in eine verwünschte Gegend gekommen, und ich rate Euch umzukehren, denn sonst werdet Ihr nie mehr den Weg zurückfinden; es sei denn, Ihr wärt in der Lage, drei Rätsel zu lösen, was auch für mich die langersehnte Erlösung bedeuten würde!»

Da tritt Sandro hervor, schwenkt seine Mappe mit den Zeichnungen, die er mitgenommen hat, und sagt:

«An dieser Stelle bin ich das letzte Mal umgekehrt, und ich hatte versprochen, die Lösungen für die drei Rätsel mitzubringen. Hier sind sie!»

Gespannt warten wir nun auf das, was da kommen mag. Das Pferd zieht sich wieder ins Schloss zurück, und eine Stimme, die uns erschauern lässt, spricht:

«Wehe Euch, wenn die Antworten nicht richtig sind...!», und die drohende Stimme fährt fort:

«Hier ist das erste Rätsel.»

---

Können gerade Linien so gekrümmt werden, dass sie trotz deutlicher Krümmung von allen Seiten betrachtet gerade bleiben?

---

Nun nimmt unser Freund eine Zeichnung hervor, legt sie auf die Brücke, von wo sie von unsichtbarer Hand durchs Tor hinweggetragen wird.

Es scheint uns, als ob wir eine halbe Ewigkeit warten müssten. Uns ist wie einem Schüler zumute, der auf das Resultat einer Prüfung wartet und nicht weiss, ob er durchgefallen ist oder erfolgreich war. Da, endlich flattert die Zeichnung wieder aus dem Tor, direkt vor unsere Füsse. Und die Stimme ertönt abermals: «Die Lösung wird angenommen, und sie werde Teil dieser Landschaft!» So verwandelt sich die Zeichnung in ein riesengrosses, überdimensionales Schachbrett.

## Bild 12     Das gekrümmte Schachbrett

Dieses Schachbrett ist in der Mitte tatsächlich durchgekrümmt, denn die Figuren stehen unten auf der einen Seite und oben auf der anderen Seite des Brettes. Alle Linien aber sind schnurgerade und parallel gezeichnet. Es gibt im ganzen Bild nicht eine krumme Linie. Die Krümmung des Brettes erfolgt allein durch unsere Einbildungskraft und unsere Logik!

Und schon kommt die zweite Aufgabe:

Kann man ein Objekt nur mit geraden Linien so zeichnen, dass man klar bestimmen kann, wo Hinten, wo die Mitte ist, aber wo es kein Vorne gibt?

Auch bei dieser Frage hat Sandro schon die entsprechende Antwort bereit, welche ebenfalls geprüft und für richtig befunden wird. Und wie beim ersten Bild gehört nun auch dieses Motiv zum neuintegrierten Bestandteil von Illusorialand. «Aha, so ist also Illusorialand entstanden!» überlege ich.

## Bild 13  Die Eisenbahnbrücke

Zwei Bilder sind durch eine Eisenbahnbrücke miteinander verbunden. Diese Brücke hat nur ein Geleise, das aus dem einen Bild heraus schnurgerade ins andere Bild führt. Zwei Dampflokomotiven rasen aufeinander zu. Doch es kommt nicht zur Katastrophe, denn jede wird unter der andern hindurchsausen oder vorher abstürzen. Aber sie werden auch nicht abstürzen, weil sie ja auf diesen grossen Bildern aufgemalt sind.

Wieder meldet sich die Stimme mit der dritten Aufgabe:

---

Eine ganz gewöhnliche Treppe soll so gezeichnet werden, dass alle Stufen gleich aussehen, in gleicher Richtung weiterlaufen, sich weder verdrehen noch krümmen und trotzdem die Unterseite der Treppe zur Oberseite wird!

---

Erneut präsentiert Sandro die Lösung auch zu dieser Aufgabe, und bald darauf wird die Landschaft durch ein neues Objekt bereichert.

Die Wendeltreppe zu Belvedere II

Der Architekt, der sich dieses Belvedere ausgedacht hat, wollte seinem Werk eine besondere Note geben und schuf diese Treppe. Aber die Treppe bewährte sich nicht: die Leute hatten zu grosse Schwierigkeiten mit ihr. Also musste man als Notbehelf aussen eine Leiter anbringen, die sich aber mit der Zeit ebenfalls verdrehte.

In dem Moment, wo sich dieses Bauwerk direkt neben uns in die Höhe schwingt, so als hätte es immer dagestanden, verschwindet das Buch samt Schloss, und ein junger Prinz steht strahlend vor uns. «Endlich habt Ihr mich erlöst! Ich war das Pferd auf der Zugbrücke. Dies war die Strafe, die ich während Jahrhunderten erdulden musste, weil ich meinem Vater eine Narrenkappe aufgesetzt und gesagt hatte: ‹Dieser Anblick brächte selbst ein Pferd zum Lachen.› Doch das Lachen verging mir bald danach! Nun bin ich aber glücklich, dass ich wieder ein Mensch sein darf. Aus Dankbarkeit werde ich Euch durch Illusorialand führen!»

# 3. Kapitel
## Das Dorf der verrückten Erfindungen

So schreiten wir weiter und kommen bald darauf zum fliegenden Haus, dessen eigenartige Form uns in Staunen versetzt.
Da erzählt uns der Prinz diese Anekdote:

<u>Bild 15</u>  ## Das fliegende Haus

In der Altstadt von Biel zeichnet eine Schulklasse die alten Häuser ab. Der Lehrer steht vor einem Schüler und rügt: «Bei dem Haus, das du zeichnest, weiss man nicht, was hinten und vorne ist. Das Haus ist völlig verdreht und hängt in der Luft. Ein Haus kann doch nicht fliegen!» Er korrigiert die Zeichnung des Schülers und meint: «Siehst du, das ist ein Haus, das steht am Boden!» Etwas später faltet der Schüler seine Zeichnung zu einem Papierflieger und lässt ihn durch die Luft sausen. Der Lehrer, der dies sieht, empört sich: «Was tust du da?» – «Sie haben ja selbst gesagt, ein Haus könne nicht fliegen, dies wollte ich eben überprüfen!» sprach der Schüler.

«Habt Ihr gesehen, wie bei diesem Haus die Ecken bald vorne, dann wieder hinten sind? Und gleich werdet Ihr noch mehr solche Dinge zu sehen bekommen.»

# Der verrückte Tisch

Drei Handwerker versuchten, die vorfabrizierten Teile eines Tisches zusammenzusetzen. Sie achteten darauf, dass alle gleich langen Teile parallel in die entsprechende Öffnung gesteckt wurden. Die Ecken und Verbindungen stimmten – nur die Tischplatte stand immer noch quer und hing schief! Alles Drücken und Heben half nichts. Also wurde beschlossen, den verrückten Tisch hier an diesem Ort auszustellen als Beweis dafür, dass selbst unbrauchbare Dinge manchmal noch einen Zweck erfüllen können.

Ausser dem Tisch gibt es noch etwas, das mein Interesse weckt: Dort hinten an der Wand ist ein schmiedeisernes Gitter angebracht. Was verbirgt sich wohl dahinter? Ein geheimnisvoller Gang etwa? Doch der Eingang wird von einer grossen Spinne bewacht, einer Sphynx gleich, unerbittlich den Tod demjenigen verheissend, der es wagen sollte, sich an ihrem Netz zu vergreifen! Von Neugierde getrieben, gehe ich dennoch etwas näher heran und muss zu meinem Erstaunen feststellen, dass das Ganze nur ein «Trompe-l'oeil», eine Wandmalerei ist!
Ein dauerndes Klopfen aus dem Garten nebenan verrät uns, dass da emsig gearbeitet wird. Und wo gearbeitet wird, ist es immer schön zuzuschauen...

Die verdrehte Pergola

Ein reicher Mann, der besondere Verrücktheiten liebt, will die Pergola in seinem Garten abdecken lassen, damit diese mehr Schatten spende. Aber da müssen die Arbeiter mit gewissen Tücken fertigwerden, wie sie sonst nirgendwo anzutreffen sind.

Der Mann, der diese Verrücktheiten liebt (er habe übrigens auch das Buch «Illusorismen» von Sandro gekauft, wie wir im Laufe des Gespräches vernehmen), dieser Mann kommt plötzlich freudestrahlend auf uns zu und begrüsst den Prinzen und uns aufs herzlichste. Den Prinzen nach so vielen Jahren wiederzusehen, sei wirklich die grösste Überraschung. Er lädt uns ein, mit ihm eine Tasse Tee zu trinken. Aber noch ahnen wir nicht, welche Schwierigkeiten sich daraus ergeben werden. Eine eigenartige Kanne steht auf dem Tisch und noch merkwürdigere Tassen davor. Diese sehen spiralförmig aus, wie die Schale einer kunstvoll geschälten Apfelsine. Denn unten sind diese Tassen offen! Unmöglich, denke ich, dass man daraus Tee trinken kann. Doch gleich muss ich feststellen, dass im Illusorialand eben nichts unmöglich ist. Während unser Gastgeber dem Prinzen einschenkt, führt dieser mit der Tasse kleine, rasche Kreisbewegungen in Gegenrichtung zur Spirale aus. Dadurch wird der Tee wegen der Zentrifugalkraft am Tassenrand entlang geschwenkt, ohne dass er ausfliesst. Die Tasse so zum Munde führend, kippt der Prinz den Tee in einem Schluck hinunter. Jetzt komme ich an die Reihe, und ich gebe mir alle Mühe, es dem Prinzen gleichzutun. Doch weil ich die Tasse in der falschen Richtung drehe, bespritze ich sämtliche Anwesenden mit meinem Tee. Ein grosses Gelächter ist die Quittung für meine Unbeholfenheit. Während die andern dankend erklären, sie hätten keinen Durst, bin ich nun der einzige Tölpel in dieser Runde. Dafür schenkt mir unser Gastgeber das Teeservice. Ich könne es behalten und daheim noch etwas üben, meint er lachend. Und er fügt belehrend hinzu: «Der Vorteil von diesem Service ist, dass der Tee schneller abkühlt und sich dabei das volle Aroma entwickeln kann.»

Wir plaudern noch eine Weile gemütlich und schauen dabei den beiden Männern zu, die an der verdrehten Pergola arbeiten. Um die Schwierigkeiten meistern zu können, wurde eine neuartige Leiter erfunden, die nun einer der Arbeiter herbeischafft.

## Bild 18    Die rotierende Bockleiter

Der Vorteil dieser neuen Bockleiter wäre der gewesen, dass die Arbeiter nicht mehr abzusteigen brauchen, wenn sie an einer anderen Stelle weiter-arbeiten wollen. Die Leiter könnte sich rotierend selber fortbewegen, dachte der Erfinder. Aber beinahe wäre es zu einem Unglück gekommen, als die Leiter sich in die falsche Richtung bewegte.
Glücklicherweise konnte der Erfinder im letzten Augenblick noch eine Sicherheitsnadel anbringen und so das Schlimmste vermeiden.

Inzwischen haben wir uns von unserem Gastgeber verabschiedet und kommen nach wenigen Schritten zu einem Denkmal, und der Prinz fährt fort: «Eine ganz wesentliche Rolle in der Welt der Mathematiker und Erfinder spielte der Mann, den wir hier auf diesem Denkmal sehen. Der Name dieses Wissenschaftlers war so lang und so kompliziert, dass ihn kein Mensch behalten konnte. Deshalb gab man ihm einen Beinamen:

<u>Bild 19</u> ## Summa Summarum

In seiner Hand hält er eine magische Sphäre, die verschiedene Zahlenfelder enthält. Diese Felder sind in verschiedene Vierergruppen eingeteilt. Das Total sämtlicher Vierergruppen ist immer 74, ob man nun vertikal, horizontal oder diagonal addiert. Selbst die vier Felder im Zentrum oder die vier an den Kardinalpunkten der Sphäre ergeben 74.

Leider ist dieses Genie seit seiner letzten Erfindung, welche wir gleich sehen werden, spurlos verschwunden. So wurde zu seinem Andenken dieses Monument erstellt. Es wird vermutet, dass sein Verschwinden etwas mit dieser Erfindung zu tun haben muss.»

# 4. Kapitel
## Das verhängnisvolle Objekt

Die Astro-Sonnenuhr

Eine neuartige Astro- Sonnenuhr sollte abtransportiert werden. Doch diese war ein ultradimensionales Objekt, das in sich selbst umgestülpt war. Seine Innenseite war gleichzeitig Aussenseite. Das Objekt widersetzte sich jeder dreidimensionalen Logik. Und so verloren die Arbeiter im Umgang mit dieser Uhr bald einmal den Bezug zur Realität, also auch den Orientierungssinn. Deshalb konnten sie die eigens für den Abtransport konstruierte Kiste nicht im Gleichgewicht halten. Da jeder glaubte, der andere halte die Kiste auf der falschen Seite, konnte sie nicht an den Bestimmungsort gebracht werden. Nun erfüllt sie ihren Zweck, die zeitliche Unbegrenztheit des Alls zu messen, eben hier. Ebenso besteht jetzt die Möglichkeit, mit dieser Uhr die Zeit umzukehren und die Vergangenheit wieder wachzurufen. Bewegt man die Zeiger, erfolgt der Zeitsprung...

«Ja, das ist die grösste, aber auch die gefährlichste Erfindung in Illusorialand. Die Zeit umzukehren, also entweder in die Zukunft oder in die Vergangenheit zu tauchen, ist durch dieses Objekt möglich geworden!» erklärt uns stolz der Prinz.
«Das möchte ich doch etwas näher anschauen!» schiesst es mir durch den Kopf, und schon verschiebe ich den Zeiger um einige Grade.
«Nein, nicht!» schreit der Prinz, aber zu spät!
Ein tosendes Krachen und Vibrieren geht los, als ob ein Orkan und ein Erdbeben gleichzeitig ausgebrochen wären. Ein schwindelerregender Wirbel packt uns und schleudert uns hinüber in eine andere, längst vergangene Zeit.
Benommen liegen wir am Boden, doch der Prinz ist nicht mehr dabei. Der muss wohl «drüben» geblieben sein. Erst jetzt wird mir klar, wieso der Prinz die Uhr als gefährlich bezeichnete. Wie sollen wir da wieder zurückfinden? Sich örtlich zu verirren, ist das eine, sich zeitlich zu verirren, ist etwas ganz anderes.
Nachdem wir uns vom ersten Schreck erholt haben, schauen wir uns um und sehen vor uns einen Tempel.

| Bild 21 | Das römische Thermalbad |

Vor einem römischen Thermalbad hängt ein grosser Vorhang, der das Bad vor indiskreten Blicken schützen soll. Paradoxerweise ist auf dem Vorhang abgebildet, was sich dahinter verbirgt. Man kann sehen, wie Neptun zur Zierde an der Decke hängt, statt in seinem Element, dem Wasser, zu sein. Der verständnisvolle Künstler hat ihm wenigstens noch ein Fernrohr in die Hand gedrückt, damit er sich seinen Badenixen doch etwas näher fühlen kann. Inzwischen haben aber die Damen dies auch bemerkt, und fluchtartig sucht die eine Schutz hinter dem Vorhang. Aber wie gesagt, es ist ja nur ein Bild. Die Wirklichkeit verbirgt sich immer noch hinter dem Vorhang – oder befindet sich dort auch nur ein Bild?

Die verschiedenen Widersprüche beschäftigen uns noch einige Zeit. Was hat ein Vorhang für einen Zweck, wenn auf ihm just das abgebildet ist, was er verbergen soll? Welch eigenartige Säulen diesen Tempel tragen, Säulen, die gleichzeitig Zwischenraum sind. Neptun, als Mosaik an der Decke, hat ein Fernrohr, wo es doch zu jener Zeit noch keine Fernrohre gab. Eine Badenixe flieht hinter den Vorhang, auf dem sie selber eingewebt ist.
Und während wir über die verschiedenen Ungereimtheiten rätseln, wendet sich zu unserer Verblüffung plötzlich Neptun uns zu.
Er erklärt uns, dass auch hier die Vergangenheit eigentlich nur eine Art Spiegelwelt der realen Vergangenheit sei. So stehe auch Illusorialand als Spiegelwelt der Illusionen der realen Gegenwart gegenüber. Eigentlich gebe es die reine Vergangenheit, Gegenwart oder Zukunft gar nicht. Sonst könnte er ja hier nicht mit uns sprechen, denn wir seien ja auch aus einer anderen Zeit als er.
«Seht zum Beispiel dieses Buch dort, das gehört auch nicht in die römische Zeit, und doch ist es hier. Schaut Euch das Buch an, dann werdet Ihr etwas mehr über mich erfahren.»

# Der unsichtbare Neptun

Beim Anblick dieses Titelbildes wird uns irgendwie kühl ums Herz, und es scheint, als ob wir mit einemmal auf der Tiefe des Meeresgrundes wären. Ein eigenartig diffuses Licht lässt uns gerade noch die Umrisse der Meeresbewohner erkennen. Obschon wir Neptun mehr erahnen als sehen, erkennen wir deutlich das versunkene Schiff im Hintergrund. Im Vordergrund ein Korallenriff, eine Krake und ein paar Delphine...

Gerade will ich meine Begleiter auf die Silhouette zwischen den Delphinen aufmerksam machen, da kracht es schon wieder, und mit fürchterlichem Getöse umspült uns ein Wasserwirbel.
Wir werden irgendwo ans Land geworfen, wo wir benommen liegenbleiben. Es dauert eine Weile, bis wir begreifen, was überhaupt geschehen ist. Sicher hat der Prinz versucht, uns mit der Astro-Sonnenuhr zu retten und wieder nach Illusorialand zurückzuholen. Aber der Prinz ist nirgends zu sehen, also wird der Versuch wohl nicht ganz geglückt sein. Doch wo befinden wir uns jetzt?
Ganz in der Nähe steht ein modernes Haus mit einem gepflegten Garten. Nun, was ist denn das...?

# 5. Kapitel
## Das Land der Halluzinationen

<u>Bild 23</u>     ## Das Badetuch mit Delphinen

Die Dame, die sich gerade anschickt, ein Badetuch aufzuhängen, ahnt natürlich nichts von dem fatalen Trugbild, dem wir zum Opfer fallen. Nein, die Dame ist nicht nackt. Die Täuschung wird durch das Bild von einigen Delphinen und etwas Seegras, eingewebt in das Badetuch, hervorgerufen.

Etwas irritiert und verlegen stehen wir da, während die Dame, ohne gross Notiz von uns zu nehmen, gleich wieder ins Haus verschwindet. «Dort drüben ist ein Wegweiser; kommt, wir wollen sehen, wohin uns der Weg führt!» bemerke ich. Der Wegweiser zeigt, dass hier das Land der Halluzinationen beginnt, während sich in der Gegenrichtung, also in den Bergen, das Land der Legenden und Sagen befindet. Wir beschliessen, zuerst zum grossen See, einem Naturreservat, zu gehen. Auf dem Weg dorthin finden wir eine Photographie am Boden. Diese Photographie wurde möglicherweise doppelt belichtet; auf der Rückseite steht jedoch:

Bild 24    Sonnenaufgang im Naturreservat

Am frühen Morgen habe ich vom Fenster meines Bungalows aus die aufgehende Sonne über dem See photographiert. Meine Frau aber will nicht glauben, dass nur ein leerer Stuhl und die reine, unberührte Natur vor dem Objektiv waren... Es ist zum Verzweifeln, was so ein paar harmlose Vögel alles anrichten können!

Na ja, wir konnten es dem armen Photographen nachfühlen, denn wir sind ebenfalls Opfer dieser Halluzinationen geworden. Inzwischen sind wir am See angekommen, wo wir eine eigenartige Beobachtung machen. Dort am Ufer liegen ein paar aufeinandergestapelte Bücher, und ein Krebs krabbelt darauf herum.

# Der Krebs

Er habe früher einmal in einem anderen See gelebt, in welchem das Wasser noch sauber gewesen sei. Viele glückliche Krebse lebten darin, bis der Mensch kam, das Wasser verschmutzte und die Krebse ausrottete. Als einziger sei er der totalen Ausrottung entkommen, denn ein Naturfreund habe ihn gerettet und hier ins Reservat gebracht. Nun wolle er, zum Andenken an seine Vorfahren, versuchen, mit seinen Scheren ein Buch aus ein paar Papierbögen herauszuschneiden. Ein Buch, das den Blick freigibt in eine Region und eine Zeit, in der die Krebse noch glücklich in sauberem Wasser leben konnten!

«Es ist gut, dass es Bücher gibt, mit denen man Bilder und Mitteilungen für unsere Nachwelt aufzeichnen kann!» bemerke ich, während wir dem Ufer entlang weiterschreiten.
Da sehen wir von weitem ein kleines Fischerhäuschen. Dort wird wohl das Reservat zu Ende sein, denke ich, und wie wir näher kommen, entdecken wir...

## Bild 26    Ein Zauberfenster

Von weitem erblicken wir ein Mädchen, welches verträumt durch das Fenster auf den See hinausschaut. Träumt es wohl von einem Segelschiff, das es haben möchte? Das ist anzunehmen, denn aus der Nähe sehen wir, dass die Fensterscheibe zersprungen ist und das herausgebrochene Glas genau der Form eines Segelschiffes entspricht. Natürlich ist das kein gewöhnliches Fenster, es ist ein Zauberfenster! Und schon erfahren wir es am eigenen Leib. Denn plötzlich schauen wir nicht mehr von draussen zum Fenster hinein, sondern stehen selber an der Stelle des Mädchens und schauen auf den See hinaus, wo zwei Segelschiffe im Hintergrund, ein Schwan in der Mitte und eine Ente im Vordergrund von einem Bäumchen und einem Fischernetz eingerahmt sind.

Oder könnte es sein, dass hier das ganze Haus verzaubert ist? Denn das Mädchen ist inzwischen verschwunden, und niemand hat es weggehen sehen. Da wir nun selbst im Hause sind, schauen wir uns etwas um. Plötzlich scheint mir, als ertöne ein ganz leiser Hilfeschrei von der gegenüberliegenden Wand: «Hilfe, ich bin aus dem Rahmen gefallen...!»

Tatsächlich kam der leise Schrei von einem der paar Bilder, die da hängen.

## Bild 27    Die Weindiebe

Ein Männchen kniet auf einem eigenartig verdrehten Bilderrahmen. An einer Schnur zieht es Weinflaschen durch das kleine Kellerfenster empor, Weinflaschen, die sein Kollege im Keller unten an die Schnur hängt. Dieser scheint aber vom süssen Inhalt der Flaschen schon reichlich gekostet zu haben, denn nicht mehr ganz Herr der Lage, wimmert er zu seinem Kollegen hinauf: «Hilfe, ich bin aus dem Rahmen gefallen!»

«Habt Ihr das auch gehört, ober bin ich jetzt auch noch das Opfer einer akustischen Einbildung geworden?» frage ich meine Begleiter. Sie bestätigen mir den Hilfeschrei, obschon er vielleicht für alle bloss eine Halluzination war.

«Schaut einmal dieses Bild an!» ruft Sandro und weist auf eine merkwürdige Situation hin, «dieser kleine Mann scheint das einzig Richtige zu tun, um den Einbildungen vorzubeugen: er geht der Sache auf den Grund!»

<u>Bild 28</u>    ## Der erotische Reissverschluss

Das besondere Reliefbild wirkt, als ob tatsächlich eine Frau dahinter stecken würde. So zumindest empfindet es ein kleiner Mann, der es genau wissen will: Ist es nun die Entdeckung der Täuschung oder die Enttäuschung der Entdeckung? Von jetzt an weiss er, dass nicht alles, was wir mit eigenen Augen sehen, der Wirklichkeit entspricht!

Aber nicht nur diese beiden Bilder ziehen unsere Aufmerksamkeit auf sich:

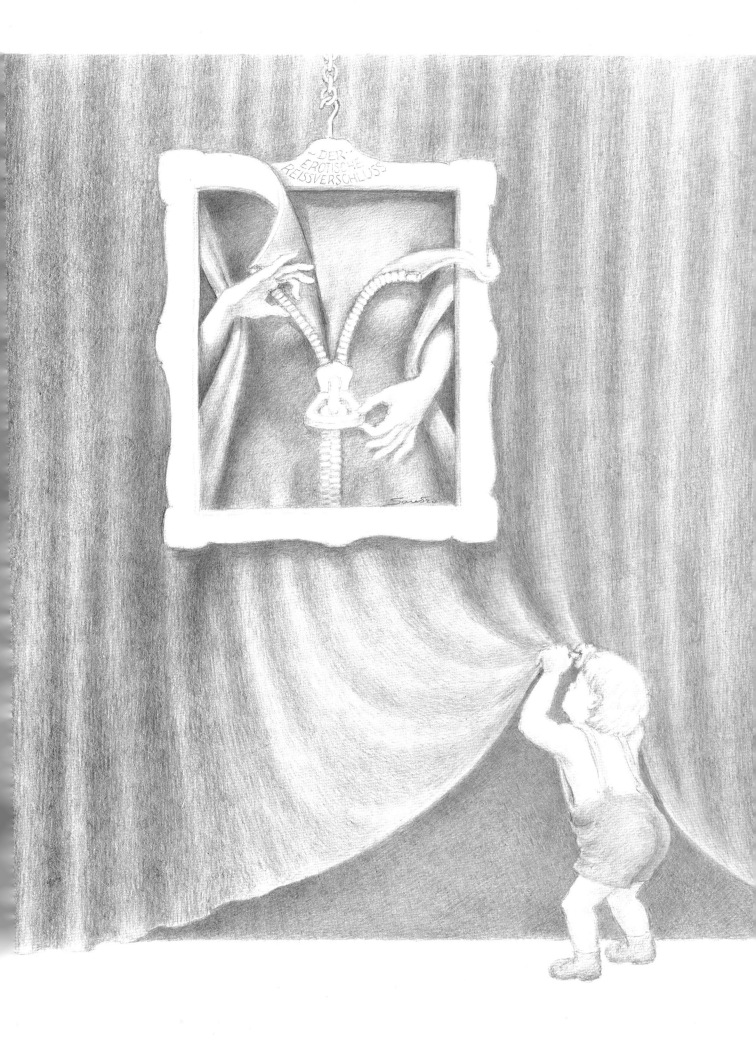

Da, ganz in der Ecke des Zimmers, sehen wir ein Bild, dessen Rahmen als unmögliche Figur von der einen Wand zur anderen reicht. Es verkörpert das uralte Thema der unmöglichen Liebe.

<u>Bild 29</u>  # Romeo und Julia

In dieser Zimmerecke standen sich zwei Bildchen gegenüber: auf dem einen ein junges, hübsches Mädchen, auf dem andern ein flotter Jüngling. Die beiden verliebten sich ineinander, und da Liebe selbst Berge versetzt, rückten die Bildchen immer näher zueinander. Die beiden Bilderrahmen verschmolzen zwar zu einem einzigen, aber die beiden Porträtbildchen konnten sich nicht vereinigen. Die beiden jungen Leute konnten nicht aus der zweidimensionalen Fläche austreten. Nur mit den Fingerspitzen konnten sie sich berühren. Und das nicht etwa vorne, wo wir ihre Hände vermuten, sondern ganz hinten in der Ecke, denn die beiden Bildchen stehen ja noch immer im rechten Winkel zueinander! Hier widersetzen sich unser Gefühl und unsere Vorstellungskraft der räumlichen Logik.

Ein anderes Bild liegt als einzelnes Blatt auf einem kleinen Tisch direkt unter dem Fenster. Das Blatt scheint sich etwas zu bewegen. Wahrscheinlich kommt ein Lüftchen durch die zerbrochene Fensterscheibe…

<u>Bild 30</u>  ## Das Neugeborene

Tatsächlich gibt es hier Zugluft. Die Mutter möchte ihr neugeborenes Kind etwas schützen. Da nichts anderes zur Hand ist, greift sie zum Papierblatt, auf dem sie selber gezeichnet ist. Mit der Ecke schirmt sie ihr Kind ab.

Das fünfte Bild, das an der Wand gegenüber hängt, wirkt dagegen sehr maje-stätisch und konservativ, also wieder ein «normales» Bild. So scheint es uns wenigstens. Es trägt den Titel

Bild 31 ## Hommage à Leonardo da Vinci

Anno 1516 reitet Leonardo da Vinci auf einem Maulesel über die Alpen. Er hat kostbare Gemälde bei sich, wie z. B. die «Mona Lisa», die er dem König von Frankreich überbringen will. Der Ritt aber ist lang und beschwerlich. Und während er reitet, sieht er sich selber im Geiste an einem Bild arbeiten, das zeigt, wie er auf dem Maultier über die Alpen reitet.

«Wahrhaftig, hier sieht man Leonardo auf dem Maulesel reiten!» sage ich und weise auf die Mitte des Bildes.

Vielleicht hätte es noch andere Bilder gehabt, aber plötzlich hören wir wieder das uns inzwischen bekannte Getöse – nur diesmal viel schwächer. Wir stürzen hin-aus und sehen, wie ein Wirbelwind auf uns zukommt, während der Boden leicht vibriert. Aber dieser Wirbel ist viel zu schwach, um uns fortzutragen. Er schüttelt uns etwas umher, dann aber lässt seine Kraft nach, und wir befinden uns immer noch vor dem Haus. Das war der zweite Rettungsversuch des Prinzen, wahr-scheinlich aber auch der letzte.

«Die Energiefelder der Astro-Sonnenuhr müssen vermutlich verbraucht sein, und es kann lange dauern, bis die Uhr wieder mit neuer Energie versorgt ist – vielleicht sogar Jahre, bei diesem immensen Energieverbrauch, der für jede Zeit-Raum-Verschiebung nötig ist.

Jetzt müssen wir selber sehen, wie wir weiterkommen und ob wir jemals wieder den Weg zurück nach Hause finden!»

"Hommage à Leonardo da Vinci"
1516 Ritt über die Alpen nach Frankreich
auf einem Maultier

# 6. Kapitel
## Das Land der Sagen und Legenden

Wir beschliessen, in Richtung der Berge weiterzugehen, also in das Land der Sagen und Legenden.

Der Weg dorthin ist lang und mühsam, und wir fangen schon an zu zweifeln, ob es wirklich der richtige Weg sei. Aber wir vermuten und hoffen, dass hinter diesen Bergen Illusorialand liegt, denn der Wirbelwind kam aus jener Richtung. Wir sind inzwischen schon einige Stunden hochgestiegen, und schon fängt es an zu dämmern. Da taucht plötzlich eine Gestalt vor uns auf. Der Mann wundert sich, dass wir um diese Zeit noch in die Berge wollen, doch als wir ihm in kurzen Worten unsere Lage schildern, lädt er uns ein, mit ihm in seine Hütte zu kommen. Dort könnten wir übernachten und am frühen Morgen weiterziehen. In seiner Hütte fällt uns ein Bild auf, welches auf dem Tisch liegt, und daneben noch ein zweites, ähnliches Bild. Er sei

## Bild 32   Der Wildhüter

dieser Gegend, und auf die Bilder zeigend meint er:

«Zur Erinnerung an die Tiere meines Reviers habe ich dieses Foto von zwei Prachtsexemplaren gemacht. Ein Widder und ein Steinbock bei der Tränke. Doch als ich das Foto vergrössern wollte, fiel mir auf, dass es Ähnlichkeit hatte mit einem anderen Foto, das viel früher einmal von mir gemacht worden war. Seither wollen mir diese Tiere nicht mehr aus dem Kopf.»

«Wirklich verblüffend! Man könnte es beinahe als mysteriös bezeichnen. Wie ist so etwas nur möglich?» antworte ich ihm. Und während er das Feuer im Kamin anzündet, sagt er: «Ja, ja, hier oben in den Bergen ist vieles mysteriös, deshalb gibt es auch so viele Sagen und Legenden. Aber bevor ich Euch einiges davon erzähle, solltet Ihr etwas zur Stärkung zu Euch nehmen, Ihr habt sicher schon lange nichts mehr gegessen.»

Das Feuer knistert im Kamin, und die Schatten hinter uns tanzen mit dem Licht der aufzuckenden Flammen um die Wette. Der Wildhüter stopft sein Pfeifchen und fängt zu erzählen an:

«Nicht weit von hier gibt es die Drachenschlucht. Ja, dort habe es früher noch richtige Drachen gegeben. Wenn Ihr morgen dort vorbeigeht, werdet Ihr zu einem grossen, schwarzen Felsbrocken gelangen, in welchen eine wunderschöne Jungfrau gehauen ist.»

<u>Bild 33</u>  ## Der Drache, der Steinhauer und die Jungfrau

Vor vielen tausend Jahren hat ein Riese mit drei Händen einen grossen schwarzen Stein in die Gegenwart geschleudert. Ein Steinhauer wurde beauftragt, aus diesem Stein die wunderschöne Jungfrau zu befreien, die man darin sah. Als er aber den Stein behauen wollte, merkte er, dass dieser widerspenstig war, so dass er ihn gar nicht bearbeiten konnte. Er wunderte sich über diesen seltsamen Stein und betrachtete ihn von weitem. Und da gewahrte er auf einmal den Drachen, der sich darin versteckt hielt.
Der Bildhauer ging hin und schlug seinen Meissel dem Drachen ins Herz. So konnte er den Drachen töten und die Jungfrau befreien, die seit Jahrtausenden in diesem Stein gefangen war.

«Es gibt aber noch eine andere Sage über Drachen», fährt der Wildhüter fort:

Bild 34     # Der letzte Drache

Nachdem die Drachen ihr Unwesen mit den Menschen getrieben hatten, konnten sie doch mit der Zeit besiegt werden. Der letzte Drache wurde gefangengenommen und sollte für die Nachwelt auf einer grossen Pergamentrolle verewigt werden. Sein Feuerschweif konnte den dicken Mauern, in denen er gefangen war, nichts anhaben. Da dachte der Drache: «Ich verbrenne das Pergament, auf das die Drachenburg gezeichnet ist, dann verbrennt auch die Burg mit den dicken Mauern, und ich bin frei.» Das tat er, doch als das Pergament verbrannte, brannten die Mauern und mit ihnen auch der letzte Drache. Seither hat man keine Drachen mehr gesehen, die Feuer speien können.

«Ja, die Drachen konnten nicht nur Feuer speien, sondern auch fliegen. Nicht fliegen konnten die beiden Maler der nächsten Sage, die aber dennoch am Himmel arbeiteten, indem sie einfach den höchsten Berg hinaufkletterten.»

<u>Bild 35</u>    Tag-und-Nacht-Polarisierungsgitter

Zwei Maler kamen auf die Idee, mit einem neuartigen Polarisierungsgitter den Tag und die Nacht einzufangen, denn sie wollten bestimmen, wann Tag und wann Nacht sein sollte. Da nicht alles Licht und alle Finsternis in dem riesigen Gitterkäfig Platz hatten, dachten sie, man könne den am Himmel verbliebenen Rest einfach dunkel oder hell überstreichen. Mit dieser Tat wollten sie als berühmte Leute in die Schöpfungsgeschichte eingehen. Als sie nun die Sonne und den Mond hinter Gittern hatten, stand die Zeit still, und die Unendlichkeit hörte nie auf. Inzwischen sind die Sonne und der Mond längst wieder frei – von den beiden Malern aber hat man nie mehr etwas gehört.

«Es ist nie gut, wenn der Mensch zu hochmütig wird und dem Schöpfer ins Handwerk pfuschen will. So steht es auch im Buche zur Mahnung an die Menschheit geschrieben.»

## Bild 36    Der apokalyptische Reiter

Die Welt ist ein wunderschöner Planet. Dunkle Mächte werden aber von diesem Planeten Besitz ergreifen und dem Menschen die Kriegsführung mit immer schrecklicheren Waffen beibringen. Wenn dann Feuer vom Himmel fällt, das heisst, wenn die Menschen Weltraumwaffen und gebündeltes Licht einsetzen, wird der Tag kommen, wo sich diese Waffen in den apokalyptischen Reiter verwandeln. Das wird das Ende der Menschheit sein, falls sie nicht vorher zur Besinnung kommt.

«Und morgen», fuhr der Wildhüter nach einer kleinen Pause weiter, «wenn Ihr Eure Reise über die Berge fortsetzt, werdet Ihr auf dem Weg der Selbsterkenntnis an einem Tempel vorbeikommen. Vergesst nicht, dort hineinzuschauen! Ich erzähle Euch zum Schluss noch die Geschichte davon ...»

# 7. Kapitel
# Der Weg der Selbsterkenntnis führt uns heimwärts

Tempel der Besinnung

In einer einsamen Hütte lebte vor vielen, vielen Jahren eine zwar hübsche, aber hartherzige Frau. Trotz ihrer Schönheit wollte kein Mann zu ihr ziehen, denn sie war streitsüchtig und unbarmherzig. Eines Tages kam ein Blinder vorbei, der auf dem Rücken einen Lahmen trug. Doch statt ihnen Almosen oder etwas zu essen zu geben, schlug sie mit dem Stock auf die beiden ein, um sie fortzujagen. Dabei schlug sie mit dem Stock in den Spiegel hinter ihr. Als sie etwas später in den Spiegel schaute, war dieser auf ganz eigenartige Weise zersprungen, und die Teile waren merkwürdig ineinander verschoben. In dem einen Teil sah sie ihr Antlitz als Licht- und Schattengebilde, in dem andern Teil darunter das gleiche, nur auf den Kopf gestellt. Das heisst nein: plötzlich erkannte sie im unteren Teilstück die beiden Bettler wieder. Als sie sich hastig umdrehte, da sie glaubte, die beiden ständen hinter ihrem Rücken, blieb ihr Antlitz im Spiegel hängen, und sie musste fortan ohne Gesicht herumlaufen. Das sei das Grässlichste, was man sich nur denken könne. Den Spiegel hat man später in dem besagten Tempel aufgestellt, wo man heute noch zur Ermahnung ihr Antlitz sehen kann. Und dabei steht folgender Spruch:

Der Nächste braucht Dich, wie Du bestimmt auch ihn,
So schau denn auf das untere Antlitz hin!

Zwei Schatten, die durchs Leben wandern,
Der Blinde trägt den Lahmen,
Der Lahme lenkt den Blinden,
Was wär der eine ohn' den andern,
Wie all die Hindernisse überwinden?

Inzwischen ist es schon spät geworden, und die Müdigkeit nimmt nach all den vielen Abenteuern überhand. Schon bald sind wir alle in einen tiefen Schlaf versunken. Am andern Morgen bedanken wir uns beim Wildhüter für seine Gastfreundschaft und für all die interessanten Geschichten. Wir machen uns also auf den Weg und kommen nach einigen Stunden am Tempel der Besinnung vorbei, wo wir es uns nicht entgehen lassen, besagten Spiegel anzuschauen. Ein kalter Schauer läuft uns beim Anblick des Antlitzes über den Rücken. Dies mag wohl an der Geschichte dieses Spiegels gelegen haben oder an den kalten, glattgeschliffenen, dunklen Marmorwänden und Säulen, die diesem Raum eine gewisse Atmosphäre des Unbehagens vermitteln. Nun, es drängt uns bald wieder ins Freie, von wo wir offensichtlich beeindruckt und nachdenklich den Weg hinauf zur Passhöhe steigen.

DER NÄCHSTE BRAUCHT DICH, WIE DU BESTIMMT AUCH IHN,~

SO SCHAU DENN AUF DAS UNTERE ANTLITZ HIN!

ZWEI SCHATTEN DIE     DURCHS     LEBEN WANDERN:

DER BLINDE TRÄGT DEN LAHMEN,

DER LAHME LENKT DEN BLINDEN.

WAS WÄR DER EINE,     OHN' DEN ANDERN?

WIE, ALL' DIE HINDERNISSE ÜBERWINDEN?

Doch bevor wir zur Passhöhe kommen, sehen wir nicht weit von unserem Weg entfernt einen kleinen Grabhügel. Kein Name und keine Jahreszahl geben einen Hinweis, was hier geschehen ist. Es ist, als ob dies ein Grab für jedermann sein könnte. Nur eine zerbrochene Steinplatte ziert diese Ruhestätte, und nur eine Rose schmückt sie. Auf der Rückseite kann man mit Mühe und Not noch folgende Inschrift lesen:

<u>Bild 38</u>    Die Zeit – Das Leben

> Am Morgen erwacht das Leben,
> Am Mittag geht's dem Höhepunkt entgegen,
> Am Abend hat's Mühe, sich noch zu bewegen,
> Am Grabe, da wird nur die Rose noch leben.

Jeder ist während des weiteren Aufstieges so sehr mit seinen eigenen Gedanken beschäftigt, dass kein Gespräch mehr aufkommt. Endlich ist die Passhöhe erreicht, und wir blicken hinab in eine weite Landschaft, die aber vorerst noch von tiefen Schluchten durchfurcht ist.
Der Abstieg ist nicht weniger mühsam als der Aufstieg, und insgeheim fragt sich jeder, wohin der Weg wohl führen mag und was für Überraschungen noch auf uns zukommen werden. Da, als der Weg auf einmal um einen Felsen biegt, öffnet sich vor uns eine schmale Schlucht. Der Weg führt nun über einen Steg, während ungefähr 15 Meter weiter unten der Fluss in wildem Getöse sich zwischen den Felsen durchzwängt und als Wasserfall in noch tiefere Regionen stürzt. Ein bläuliches Dämmerlicht fällt strahlenförmig von hoch oben durch die Felsen bis fast zu uns herunter. Und während wir weiterschreiten und es allmählich immer dunkler wird, schwankt plötzlich der Steg unter unseren Füssen. Ein dreifacher Schrei, und wir stürzen ab...

Dem Himmel sei Dank, der Sturz ist nicht tief, denn nur etwa ein bis zwei Meter tiefer hat es einen Felsvorsprung, auf dem wir zwar unsanft, aber immerhin heil landen. Der Laufsteg über uns aber ist aus der Felsverankerung ausgebrochen und in die Tiefe gestürzt. Nun sitzen wir seit einer halben Ewigkeit auf einem kleinen Felsvorsprung und finden keine Lösung, aus unserer misslichen Lage wieder herauszukommen. In der Dunkelheit die Felswand zu erklettern, wäre reiner Selbstmord, und Rufen nützt auch nichts. Wer soll uns schon hören? Da hat Sandro eine Idee: «Hört mal, der Felsen hier kann auch nicht viel dicker sein als eine Buchseite, und im Illusorialand war auch nichts unmöglich. Versuchen wir doch einmal, auf die andere Seite durchzustossen, denn irgendwie muss es ja weitergehen!» Also werfen wir uns mit den Schultern gegen die Felswand – es kracht, und tatsächlich sind wir auf der anderen Seite. Hier sind wir in einem etwa 30 Meter tiefen Loch, und über uns sehen wir ein bisschen Himmel. An der Wand gegenüber ist ein Bild in den Felsen gehauen. Das Reliefbild zeigt

<u>Bild 39</u>     ## Hände

Eine kleine Hand, die sich hilfesuchend nach einer grossen streckt, denn gleich darunter befindet sich ein Labyrinth. Doch wozu der Nagel? Wohl kaum, um das Reliefbild an der Felswand festzumachen. Eher als Leuchtturm, als einziger Orientierungspunkt im Labyrinth des Lebens gedacht. Könnte das vielleicht eine religiöse Bedeutung haben?

Und unter dem Reliefbild ist der folgende Spruch in den Felsen gemeisselt:

Oh, kleine Hand in meiner Hand,
Noch bist du klein, noch brauchst du mich...

Doch eines Tages bist du gross,
Und meine schwach und zittrig bloss...

Dann wird die deine sein für mich,
Was früher meine war für dich!

«Seltsam, nicht? Wir könnten jetzt auch eine Hand gebrauchen, die uns aus diesem Labyrinth herausführt», bemerke ich, etwas besorgt in die Höhe schauend. «Da seht, zwischen diesem Spalt führt eine kleine Treppe in eine Höhle hinauf.» Eigentlich fällt uns erst jetzt auf, wie romantisch dieser Ort ist, denn zu unseren Füssen schimmert bläulich das Grundwasser wie ein kleiner See, während rundherum eine kleine Grasnarbe führt.

Aber unsere Sorge war ja, hier wieder herauszukommen. So steigen wir denn die Treppe hinauf in die Höhle, die weiter hinten zu einer schönen Grotte wird. Ein merkwürdig «flackerndes» Licht kommt aus einer Ecke. Da sehen wir einen Greis, der sich auf einen Stock stützt und ein Bild anschaut.

## Bild 40    Drei Lichter

Dieses eigenartige Bild zeigt, wie ein Engel eine Hand aus dem Bilderrahmen streckt. In der Hand trägt er einen zweiarmigen Kerzenständer. Aber seltsamerweise stecken drei Kerzen darin. Und von eben diesen Kerzen geht das flackernde Licht aus, das den Raum spärlich erhellt.

Der Alte schlurft nun etwas beiseite und murmelt folgende Worte vor sich hin:

«Licht zwischen Realität und Imagination,
Licht zwischen zweiter und dritter Dimension,
Licht als Erleuchtung und Vision!»

Und dann, als wüsste er schon, woher wir kamen und wohin wir wollen, fügt er noch bei: «Ich wünsche Euch gute Heimkehr – der Weg ist nicht mehr weit!» Und ehe wir noch etwas erwidern können, ist er schon weg. Wer mochte das gewesen sein, und was bedeuten seine Worte? Ein Weilchen betrachten wir noch das Bild und rätseln über diese Erscheinung. Ist das etwa ein Eremit, der hier wohnt? Und wohin ist er verschwunden? Nun sehen wir, dass die Grotte noch weitergeht, und wir kommen wieder hinaus in die Schlucht und zu dem Teil des Steges, der noch intakt ist.

Mit etwas unsicherem Gefühl schreiten wir den Steg entlang. Und bald öffnet sich die Schlucht wieder, es wird heller, und schon stehen wir am Ausgang, wo sich wiederum eine herrliche Landschaft vor uns ausbreitet. Alles ist vom Sonnenlicht überflutet, so dass wir geblendet stehenbleiben. «Dort unten, das scheint eine Ruine zu sein, dort geht der Weg vorbei!» ruft Sandro, und bald darauf sind wir dort angelangt. Von weitem haben wir zwei grosse Buchstaben in der Mauer gesehen, I R, doch erst jetzt erkennen wir deren Bedeutung:

## Bild 41    Zwischen Illusoria und Realität

Als Grenze zwischen diesen beiden Welten sind Steinblöcke zu einer kolossalen und doch ruinenhaften Mauer zusammengefügt worden. Ein illusorisches Bauwerk – geschaffen aus tonnenschweren Steinblöcken, die sich teilweise in Luft auflösen –, welches dennoch als Monument vergangener Zeiten Zeugnis gibt von der ewigen Frage:
Was ist Illusion, und wo fängt die Wirklichkeit an?

Ein paar Archäologen sind soeben damit beschäftigt, diese Steinblöcke auszumessen. «Also hier müsste die Grenze sein, aber da vorne ist ja noch so eine eigenartige Pforte!» sagt Sandro, «und es scheint mir, als gäbe es dort drüben auch Häuser.» Irgendwie verspüren wir alle den Drang, wieder heimzukommen, und eilen zu der Pforte.

Etwas abseits ist eine Steintafel angebracht, auf welcher wir lesen können:

Bild 42  ## Die Zauberpforte

Vor langer Zeit, als die Welt noch dunkel und düster war, gab es Pflanzen und Tiere, die inzwischen längst ausgestorben sind. Es soll aber auch noch eine Zauberpforte gegeben haben, durch die niemand gehen durfte. Denn diese Pforte führte zeitgleich von der Gegenwart in die Vergangenheit oder umgekehrt. Gelang es einem Menschen aus der Urzeit, einen Blick durch diese Pforte zu werfen, sah er in eine helle Zukunft, eine moderne Welt, in der alles viel bequemer war. Also durchschritt eines Tages der Mensch die verbotene Pforte, und alles um ihn herum veränderte sich. An die Stelle der Pflanzenwelt trat ein Häusermeer. Aus Tieren wurden Maschinen, und statt Vulkanen gab es Hochkamine, aus denen der Rauch zum Himmel stieg. Von nun an lebte der Mensch in einer künstlichen Welt. Einer Welt, in der auch nachts das Licht so hell wie die Sonne schien.

«Wie wär's, wenn wir hier auch durchsteigen würden?» schlägt uns Sandro vor, «sicher würden wir wieder in die reale Gegenwart zurückfinden!» Das leuchtet uns ein, und so beschliessen wir, Illusorialand zu verlassen, steigen durch das Tor, nicht ohne noch einmal zurückzuschauen in dieses geheimnisvolle Land, welches uns so viele Abenteuer und Überraschungen geboten hat. Und während wir zurückschauen, erblicken wir noch eine Tafel auf der Rückseite der Pforte, eine Tafel, die Auskunft über die Geschichte der Pforte gibt:

Da soll einst ein Professor Sparenberg die Idee gehabt haben, eine Zauberpforte zu zeichnen. Durch einen Kreis konnte man von der Vergangenheit in die Gegenwart schlüpfen. Diese Idee wurde einem Spezialisten in solchen Dingen, einem genialen Mann namens MC Escher, vorgelegt. Die Idee sei faszinierend, jedoch die Raumaufteilung wie auch die Telefondrähte, welche in der Vergangenheit fehl am Platze seien, konnten Escher nicht ganz befriedigen. Als Weiterentwicklung dieser Idee schlug er vor, die Fläche in zwei Schlaufen aufzuteilen. Von der einen Richtung in die andere durchquert das Bild einen «Fluss» von fliegenden, prähistorischen Kreaturen, gegen den Horizont sich verkleinernd, um dann an der Grenze zur Gegenwart sich in Flugzeuge zu verwandeln. Leider war es MC Escher nicht mehr möglich, dieses Werk zu Ende zu bringen.
So kam es, dass ein Freund von ihm, Bruno Ernst, diese Aufgabe weitergab, damit doch noch vollendet wurde, was sich so vielversprechend angebahnt hatte.
Mit der fernöstlichen Inspiration «Yin Yan» wurden die beiden Ideen wieder vereint, um der Idee einer Pforte gerecht zu werden, woraus schliesslich dieses Gebilde entstand, und statt eines einzigen Flusses haben wir nun gleich deren vier.

Bruno Ernst, Autor
"Der Zauberspiegel"

"Die Zauberpforte"

V (Vergangenheit) V

(Gegenwart)
G

Eschers Interpretation
dieser Idee

M.C. Escher

Skizze von Professor
Sparenberg

Weiterentwicklung von:

Sandro Del-Prete

Als wir uns wieder der realen Gegenwart zuwenden, bemerken wir, dass dieses Häusermeer, diese immense Stadt sich in Wirklichkeit auf einer Buchseite ausdehnt, die sich genau hinter der Pforte befindet, durch die wir soeben getreten sind.

Ein Blick auf die folgende Buchseite lässt uns erkennen, dass wir tatsächlich wieder «zu Hause» angekommen sind.

<u>Bild 43</u>  # Ende der Geschichte

Das Buch, welches wir vor uns haben, ist im Grunde genommen Anfang und Ende zugleich. Während sich aus der letzten Seite noch die letzten Buchstaben ergiessen, gibt es schon wieder einen Wegweiser, der in eine neue Richtung weist, ins «Land der meditativen Bilder».

Doch das ist eine andere Geschichte!

Sandro Del-Prete vor dem «Loubegaffer»

Der Name Del-Prete ist ein uraltes Tessiner Geschlecht, beheimatet in Astano im Malcantone, einer Gegend, die namhafte Künstler und Architekten von internationalem Ruf hervorbrachte. Zahlreiche Vorfahren von Sandro Del-Prete wanderten aus, da der karge heimatliche Boden sie längst nicht alle zu ernähren vermochte. So musste auch Vater Alessandro schon in jungen Jahren in die Deutschschweiz ziehen, wo er eine Lehre als Mechaniker absolvierte. Der Beruf lag ihm zwar nicht besonders, er übte ihn aber trotzdem jahrelang aus, stets in der festen Überzeugung, eine sichere Staatsstelle sei die Grundlage für das Wohlergehen seiner Familie. Diese Haltung prägte dann die eher strenge Erziehung seiner Kinder sowie deren spätere Ausbildung.

Sandro Del-Prete wurde am 19. September 1937 in Bern geboren und besuchte dort die Primarschule. Es folgten die Sekundarschule in St-Maurice VS und die höhere Handelsschule in Fribourg mit Handelsmatura-Abschluss. Eher zu den mittelmässigen Schülern gehörend, zeigte er wirkliches Interesse nur am Zeichnen und Gestalten. Hier offenbarte er auch sein überdurchschnittliches Talent. Nach bestandener Rekrutenschule verfolgte Sandro nur ein Ziel: Geld verdienen im Hinblick auf eine künstlerische Aus- und Weiterbildung. So konnte er sich bald einmal einen Aufenthalt an der Kunstschule Florenz leisten. Wenn dieser auch nur ein halbes Jahr dauerte, ist die Florentiner Zeit einer der bedeutendsten Abschnitte in seiner künstlerischen Reifung. Was Sandro Del-Prete vor allem prägte, waren weniger die theoretischen Lektionen an der Kunstschule als vielmehr die autodidaktischen Studien der Werke der alten Meister in den Museen. Im Palazzo Pitti und in den Uffizien war er Stammgast. Stundenlang schulte Sandro sein Auge, analysierte Strukturen, nahm Licht- und Farbentechnik wahr und versuchte noch und noch, dem Geschehen Inhalt und Sinn zu geben. Stets brachte er das Werk in einen inneren Zusammenhang mit seinem Schöpfer.

Langsam gingen die finanziellen Mittel zu Ende. Sandro stand vor dem Entscheid, wieder in ein «bürgerliches» Leben zurückzukehren oder am Rande des Existenzminimums als unbekannter Künstler sein Dasein zu fristen. Er entschied sich für ersteres, ohne dabei je sein Ziel aus den Augen zu verlieren. Stipendien waren für ihn tabu, an Wettbewerben teilzunehmen, war für ihn kein Thema. Sandro wollte künstlerische Freiheit und Integrität in gesichertem Rahmen. Daran arbeitete der Individualist in den folgenden zwanzig Jahren beharrlich – und mit Erfolg.

Wieder in Bern, wurde Sandro Del-Prete Aussendienstmitarbeiter eines Grosskonzerns und bildete sich in berufsbegleitenden Kursen zum dipl. Handelsreisenden aus.

1966 verheiratete er sich mit Yolanda Imhof, einer nachbarlichen Jugendliebe, und bald einmal vervollständigten zwei Söhne, Carlo und Silvano, das Familienglück im Berner Nordquartier.

In der Folge wechselte Sandro Del-Prete noch einmal seinen Arbeitgeber, bevor er selber Herr und Meister wurde: während 13 Jahren war er als SUVA-Inspektor im Aussendienst tätig.

Seine Freizeit widmete Sandro indessen vornehmlich dem künstlerischen Schaffen, das ihm zur Berufung wurde. So soll er echt darunter gelitten haben, wenn er – im Auto unterwegs zu Kundschaft oder am Verhandlungstisch – einer plötzlichen schöpferischen Eingebung nicht sofort Gestalt verleihen konnte. An Ideen mangelte es Sandro Del-Prete nie, und so sind im Laufe jener Jahre Hunderte von Skizzen entstanden. Die schöpferische Arbeit fasste er in seinem ersten Bildband «Illusorismen», der 1981 erschien, zusammen. Durch den raschen Erfolg dieses Buches beflügelt, eröffnete Sandro an der Schwarztorstrasse 70 in Bern eine «Galerie für optische Täuschungen», welche er sinnigerweise «Illusoria» taufte.

Dies war auch der Zeitpunkt, zu dem sich Sandro entschloss, künftig nur noch für «seine» Kunst tätig zu sein. Die Einzigartigkeit der Galerie weckte das Interesse zahlloser Kunstfreunde, Sachverständiger, Studenten und Schüler. Ein Direktor der grossen japanischen Zeitung «The Asahi Shimbun» kaufte anlässlich eines Besuches in Bern verschiedene Bilder. Begeistert war er aber im besonderen von «Professor Turnhead», einer Inversionsstatue, die sich jedem Betrachter zuwendet, wo immer dieser auch steht. Der Japaner bestellte umgehend eine ähnliche Statue, um sie, zusammen mit den Bildern, im «Museum of Fun» in Tokio ausstellen zu lassen.

Sandro Del-Prete ist Maler, Zeichner und Bildhauer in einem. Nach intensiven Experimenten ist es ihm gelungen, das Geheimnis jener beweglichen Statuen zu lüften, die bereits die Menschen der Renaissance in Staunen versetzten.

So war Sandro Del-Prete auch für die Organisatoren der «Phänomena» 1984 in Zürich kein Unbekannter. Während Monaten waren die beiden dort ausgestellten Inversionsstatuen besondere Anziehungspunkte. Entgegen dem Wort vom «Propheten im eigenen Land» liessen sich bald einmal auch die bernischen Kunstgewaltigen vernehmen: Sandro Del-Prete erhielt 1985 den Auftrag, die neu entstandene Schweizerhofpassage mit einer typischen Berner Figur zu bereichern. Der «Loubegaffer» ist heute aus dem Stadtbild nicht mehr wegzudenken und lässt Einheimische wie ausländische Gäste staunen und sich – oft recht unkonventionell – vor dem Kunstwerk hin- und herbewegen.

Erwähnenswert ist auch – nebst der Beteiligung an zahlreichen Ausstellungen im In- und Ausland – die Berücksichtigung von Sandro Del-Prete an der Utrechter Schau 1986, an welcher er seine «unmöglichen Figuren» präsentierte und zudem wertvolle Kontakte zur internationalen Künstlerszene knüpfen konnte.

Nun sind es sechs Jahre her, seit Sandro Del-Prete mit dem Buch «Illusorismen» an die Öffentlichkeit getreten ist. Mit dem vorliegenden zweiten Band «Illusoria» setzt er wiederum ein Zeichen für sein unermüdliches Schaffen.

Eines aber betont der Künstler immer wieder: ohne die tatkräftige Mithilfe seiner Familie wäre es ihm nicht möglich, mit solcher Intensität schöpferisch tätig zu sein. Namentlich seine Frau Yolanda verleiht mit feinem psychologischem Geschick vor allem im administrativen Bereich dem schöpferischen Schaffen von Sandro die erforderliche Norm. Ihr gilt im besonderen sein aufrichtiger, tiefempfundener und herzlicher Dank.

Beat Kull

© 1987 Benteli Verlag, 3084 Wabern-Bern
Gestaltung: Benteliteam
Satz und Druck: Benteli Druck AG, 3084 Wabern-Bern
Printed in Switzerland
ISBN 3-7165-0591-9